Falk Henkel

Erschde Hilfe in »schwäbisch«

Falk Henkel

Erschde Hilfe in »schwäbisch«

Knödler Verlag Reutlingen

Zeichnungen von Fritz Wund.
Printed in Germany 1997
ISBN 3-87421-196-7

Inhalt

Dr Erschde Helfer

Dr Erschde Helfer ischd a Mann,
der andre Menscha helfa kann.
Ganz ruhig, bloß net auf d Schnelle
erscheint er an dr Unfallstelle.
Er grüaßt, er stellt sich vor ond frogt:
Wia ischs bassiert? Tuats weh? Obs hokt.
Dann ondersucht er da Patienda,
von onda, oba, vorna, henda.
Jetzt wird a Lagrungsart gewählt
je nachdem, wos halt grad fehlt.

Wenn oim s Bewußtsei kommt abhanda,
no kann derselbe nemme standa.
Er liegt am Boda, uffm Rücka,
dr Erschde Helfer muaß sich bücka
ond dann dreht er ihn ohne Frage
in die stabile Seitenlage.

Des uffm Hals, mr hoißts au Birn
des isch der Schädel mitm Hirn.
Wenn dia verletzt send, no Gut Nacht.
Was do dr Erschde Helfer macht?
Der legt n mit am Kopf noch oba,
dui Lagerung, dui muaß mr loba.
Weil, wenn der Kopf nach oba zeigt,
dr Druck em Hirn au nemme steigt.

Dr Erschde Helfer hot koi Ruah,
denn oft kommt no a Schock drzua.
Was macht er jetzt, do isch ma gschbannt,
ganz recht, er hot den Fall erkannt,
er legt n flach, des muaß mr loba,
jetzt zeigt bloß no d Nos nach oba.
Ond bei dem ganza Gschäft isch wichtig
dui Lagerung isch dann erschd richtig
wenn d'Wirbelsäul, wia auf ma Disch
em Ganza bolzgrad grichtet isch.

Wenn oin an Schockzustand befällt,
warum, des sei dahingestellt,
do gots dem arma Menscha schlecht,
no isch em jede Hilfe recht.
Ond mit ra guada Lagerung,
da kommt dr Kreislauf glei en Schwung.
D'Füaß noch oba, des isch wichtig,
dr Erschde Helfer macht des richtig.

Dui Lagerung jedoch isch Mischt,
wenns Herz vom Schock die Ursach ischt.
In dem Fall hot mr Lascht beim Schnaufa
ond dät am oigna Bluad versaufa.
Beim Kardiogena Schock, gib Acht,
was do dr Erschde Helfer macht.
Dr Oberkörper wird erhöht,
so wie es au em Lehrbuch steht.

A Donnerschlag grad uff da Ranza
beim Autofahra, Klettra, Danza
verschüttelt Leber, Niera, Milz.
Dr Erschde Helfer woiß "Jetzt gilts".
Do muaß mr d'Bauchdecke entspanna
om dergestalt da Schmerz zu banna.
Er schiabt a Rolle mit viel Gfuih
dem arma Schlucker onder d'Knui.

Trifft oin dr Donderschlag an d'Bruscht
goht des einher mit Luftverluscht.
Ond net bloß des, mr hot au Schmerza,
em ganza Thorax ond am Herza.
Jetzt muaß dr Oberkörper nauf,
so an Verletzta setzt mr auf.

Ischd Lagerung korrekt ond guat,
was jetzt dr Erschde Helfer duat?
Er setzt informativ doch knapp
mit dene W's an Notruf ab.

Rettungskette

A Kette isch, wia arg mr zieht,
bloß so stark wia s schwächste Glied.
Der Erschde Helfer isch sofort
zuallererst am Unfallort.
Sofortmaßnahmen wendet man
am Unfallort als erstes an.
Einen Notruf schickt ma no,
macht Erschde Hilfe, wenn mr's ka.
Was jetzt verbockt wird, mecht e wetta,
kann später au koi Arzt me retta.
Dr Rettungsdienst ond au s Spital,
versorget no den Unglücksfall.
So sehr au jeder sich bemüht,
ganz wichtig isch des erschde Glied.
Do werdet nämlich
d Weicha gstellt,
wia s weitergoht
auf dieser Welt.

Notruf

Am Ofallort isch auf die Schnelle,
dr Erschde Helfer glei zur Stelle.
Sofortmaßnahma wendet dann
er wenn es nötig isch gleich an.
Ganz wichtig isch, da gilt die Wette,
des zwoite Glied der Rettungskette.
Ond wenn die Lage abgeschätzt,
wird flugs a Notruf abgesetzt.
Dr Helfer bleibt am Ofallort
ond schickt zom Melda jemand fort.
A Ofallmeldung no erschd gfällt,
wenn sie au dia sechs W's enthält.
Wo isch dr Ofall, ja net wirr,
sonscht suacht dr Rettungsdienst sich irr.
Was isch bassiert und ganz genau,
das macht die Leitstelle erscht schlau.
Oi Frog isch freilich emmer offa,
wiaviel Persona send betroffa?
Wenn mr's vergißt, des wär a Send,
welche Verletzunga die hend.
Für d Luftrettung, ganz ohne Frage,
braucht mr eine Wetterlage.
No wartet mr, was ganz zom Schluß,
d Leitstell dann no wissa muß.

Bewußtseinsstörung

Bewußtsei, ja was sich denn dees?
Ebbas esotherisch Schees?
Frogt mr an Gscheida oder Doofa,
des wisset net mal d'Philosopha.
Isch s ganz do oder bloß a Rescht,
dr Erschde Helfer stellt des fescht.
Er frogt n zerschd wia er dann hoiß
ond ob er s heutge Datum woiß.
Wenn der klar Auskunft geba ko,
dann isch s Bewußtsei völlig do.
Wer schläfrig isch ond leicht benomma,
der wird energischer vernomma.
Wenn er Ort ond Zeit net kennt,
hoißt mr so oin somnolent.
Wenn oiner gar net reagiert
aber s Zwicka am Backe spürt,
der isch Bewußtlos, ohne Frage,
den legt mr in die Seitenlage.
Ob Jonger, Opa oder Oma,
wer gar koin Muks macht, isch em Koma.

Atmung

A Fisch kann onder Wasser schnaufa,
a Mensch wird dabei stets versaufa.
Von dr Geburt bis na end Gruft,
funkionierat Menscha bloß mit Luft.
Atmung ischd dieserhalb höchst wichtig,
dr Erschde Helfer macht es richtig,
wenn nach Bewußsein er sofort,
die Atmung prüft am Unfallort.
Mit drei von älle seine Senna
kann er die Atmung leicht erkenna.
er sieht, ob oiner ruhig schnauft,
ob d Atmung regelmäßig lauft
ob s Schmerza gibt beim Luftaufziaga,
ob oiner net gnuag Luft ko kriaga.
Er sieht vielleicht au blaupe Lippa
onds Schulternaufziah samt de Rippa.
Er hört ob es beim Schnaufe pfeift,
wenn d'Luft durch enge Bronchia streift.
Wenn Rassla er ond Blodra hört,
Bluad ond Oedem die Atmung stört.
Oi Hand am Bauch, de ander Hand
richtig plaziert am Ripparand,
fühlt er die Atmung auf der Stell,
faschd no en aussichtslose Fäll.

Kreislauf

Dr Mensch sott stets sein Kreislauf schona,
der ghert zo de Vitalfunktiona.
Dr Erschde Helfer klaren Schrittes,
prüft dui Funktion gewiß als drittes.
Niemals wird er dabei vergessa,
bei jedem Kranka s Bluaddruckmessa.
Pulsfühla duad er ganz galant,
daumaseitig an der Hand.
Fühlt er da Puls dort recht bequem,
gibts mit m Kreislauf koi Problem.
Fühlt er do nix, suacht jedenfalls
er da Karotispuls am Hals.
Do prüft beidseitig dieser Denger
da Puls mit mindestens zwoi Fenger.
Er spürt da Rythmus, er spürt Pausa,
merkt Langsamschlaga ond au Sausa.
Die Kreislauflage wird durchschaut
au durch Inspektion der Haut.
Lippa, Nosespitz ond Ohra,
hend manchesmal ihr Farb verlora.
Wenn dia am End so bläulich schimmret,
hot d'Kreislauflage sich verschlimmret.
Z'letschd stellt mr d Durchbluadung fest,
mit ma kleina Kreislauftest.
Aufs Nagelbett a leichter Druck
schiabts Kapillarbluad oifach zruck.

Läßt mr den Druck no wieder sei,
schiaßts Bluad ens Nagelbett glei nei.
Ganz recht hot mr mit der Vermutung,
do herrscht a gsonde Hautdurchblutung.

Dr Erschde Helfer mißt da Bluaddruck

Da Bluaddruck mißt bei Reich ond Arm
dr Erschde Helfer stets am Arm.
Ond gscheide Werte kann er kriega
bloß em Sitza ond em Liega.
De dickschde Ärmel ziagt er ronder,
do bleibt bloß no s'Hemmad dronder.
Am Oberarm wird die Manschette
fescht angelegt mit einer Klette.
No bombt er Luft nei jeda Menge,
des gibt em Arm a args Gedränge
ond isch des Ganze no recht stramm,
dann druckts am Arm d'Arterie zamm.
Dr Puls isch weg, Durchbluadung au,
des kommt vom arterielle Stau.
Jetzt legt er s'Hörrohr an die Stelle
in der Beuge von der Elle.
Durch Rädlesdreha er erreicht,
daß dr Druck ganz sacht entweicht.
Plötzlich hört da Puls er klopfa,
recht laut durch seine Hörrohrstopfa.
Vom Manometerstand erfährt
er jetzt da obra Bluaddruckwert.
Dr Druck senkt weiter ond glei drauf
hört au des Pulsgeklopfe auf.
Vom Manometerstand erfährt
er jetzt da ondra Bluaddruckwert

Normalerweis mißt so a jeder
da Bluaddruck mittels Manometer.
Wenn aber Omweltlärm so stört,
daß mr sei oiges Wort net hört,
no woiß der Erschde Helfer guad,
was er en so ma Ernschdfall duad.
Er mißt jetzt bloß da obra Wert
aber net endem ern hört
sondern jetzt fühlt dieser Denger
da Puls am Handglenk mit de Fenger.
Ond weiter kann mr s'Bluaddruckmessa
bei Schnee- ond Hagelsturm vergessa.
Mr fühlt da Puls, des goht ruck zuck
ond wenn der guad isch, stemmt dr Druck.

Stabile Seitenlage

Seis em Haus, seis au em Garta,
auf woichem Boda oder harta,
seis em Wald, seis auf em Feld,
seis wo es will auf dieser Welt,
Bewußtlose legt ohne Frage
man in stabile Seitenlage!
Jetzt stellet mir uns amol domm
ond froget oifach: Ja worom?
Bewußtlos sei isch sehr gefährlich,
do reagiert mr bloß no spärlich.
D'Muskulatur isch ganz erschlafft,
was allerhand Probleme schafft.
Do kann doch leicht der Zongabolla,
spannungslos en Rache rolla.
Dr Kehlkopfdeckel wird verdrückt,
ond dr Bewußlose verstickt.
Koi Schutzreflex funktioniert,
weil dr Bewußtlose nix spürt.
So oiner kann dann net mit Husta
Erbrochenes nach außen pusta.
Bluad ond Schleim, reflexgemindert,
schnauft mr en d'Longa, ungehindert.
Drom legt mr ihn, falls er noch schnauft
seitlich, daß d'Brüh noch außa lauft.
Dr Kopf wird alsdann überstreckt,
weil mr dodamit bezweckt,

daß sei Zong sich net bewegt
ond da Racharaum verlegt.
Mit Arm ond Boiner alsodann
mr älles stabilisiera kann.

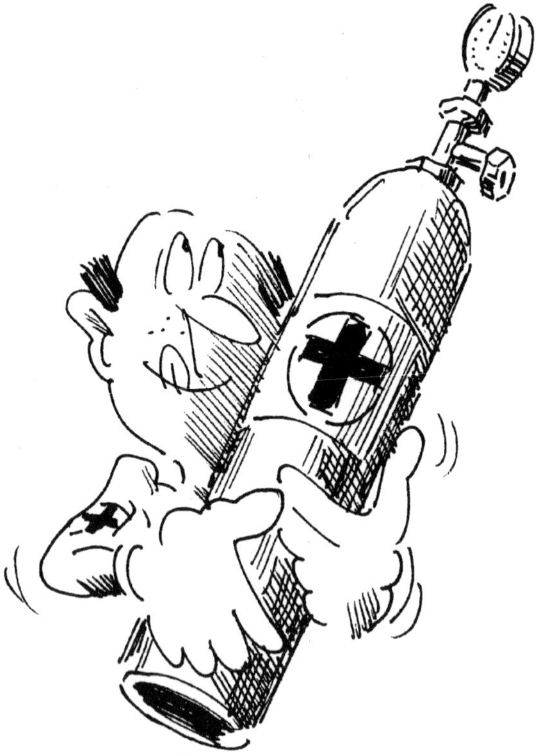

Sauerstoffgabe

S'Wichtigste em ganze Ranza
isch Sauerstoff em Großa Ganza
ond gwieß net für die Gesinnung,
sondern zur Energiegewinnung.
Er gelangt von onserem Näschen
durch Atmong en die Lungenbläschen.
Und von diesem donkla Ort,
schafft des Bluad ihn weiter fort.
Vom Herz getrieba auf die Schnelle,
erreicht er jede Körperzelle.
Kommt der Nochschub mol ens Stocka,
fängt der Chemismus a zu bocka.
Ond no zeigt noch kurze Stonda
der Lebensdauma steil noch onda.
Dr Erschde Helfer isch dabei
ond schafft Sauerstoff herbei.
Vielleicht wirds an mancha überrascha,
aber den gibts scho en Flascha.
Den läßt mr da Patienda schnaufe,
brengt so d'Chemie wieder zom Laufa.
Vier Liter pro Minut send richtig
ond es isch vor allem wichtig,
daß mr generell dro denkt,
daß Sauerstoff oims Leba schenkt.
Ond es beruhigt oin schließlich no,
daß mr damit koim schada ko.

Herz-Lungen-Wiederbelebung

Wenn emma Menscha d'Sinne schwendet,
so daß mr ihn ganz leblos fendet,
dann folgt der Erschde Helfer stramm
dem Reanimationsprogramm.
Er setzt informativ ond knapp
sobald er kann en Notruf ab.
Nun spricht er den Menscha an,
zwickt ihn en da Backa dann.
Er hot, wenn der net reagiert,
Bewußlosigkeit konstatiert,
Dann wird die Atmung kontrolliert,
wenn mr nix hört, nix sieht, nix spürt,
no isch bei dem, ganz ungebeta,
an Atemstillstand eingetreta.
Jetzt prüft mr ruhig jedenfalls,
da Puls beidseitig am Hals.
Wenn jetzt dr Puls au nemme wackelt,
dr Erschde Helfer net lang fackelt.
Er guckt en Mund ob der au frei
ond d'Atmung net behindert sei.
Er überstreckt em jetzt da Kopf,
beatmet zwoimal dann den Tropf.
Duat d'Atmung jetzt net wia se soll,
gibts noamol a Pulskontroll.
Wer Atmung ond au Puls verhebt,
wird ab sofort wiederbelebt.
Des funkioniert bloß, ohne Frage,
aufra harta Unterlage.

Dr Erschde Helfer goht en d Knui
ond fengert auf dr Bruschd mit Gfui,
bis er da rechta Druckpunkt fendet,
worauf er Herzmassage spendet.
Fuffzehamol, dann kommt die Wende,
es gibt zweimal Atemspende.
Der Zyklus wird viermol durchlaufa,
do kommt dr Helfer schwer ens Schnaufa.
Dann fühlt da Puls am Hals er sacht
ond falls der fehlt, wird weitergmacht.
Oi Helfer duat sich fürchtig schwer,
zu zwoit erreicht mr do viel mehr.
Fünfmal drucka, oimal blosa,
jetztet hot mr guade Chanca.
Äll Minut wird kontrolliert,
ob da Puls mr wieder spührt.
Die Beatmung Mund zu Mund
isch ohygienisch ond net gsund.
Dr Erschde Helfer ganz bestemmt
Maske oder Beutel nemmt.
Dann frogt er sich erschöpft ond knapp:
Wenn brech i diesen Vorgang ab?
Wenn dr Patiend von selber schnauft
ond womöglich weiterlauft.
Oder a Notarzt klar befendet:
Leit, jetzt wird des Gschäft beendet!
Oder wenn erschöpft und matt,
boide Helfer liegat platt.

Schock

Kommt a Mitmensch en da Schock,
goht sei Kreislauf ganz am Stock,
weil s'Bluad des er jetzt braucha dät,
gar net zur Verfügung steht.
S Herz brengt sei Leistung nemme voll,
bombt weniger als wie es soll.
Älle Zella send gequält,
weil Sauerstoff zom Leba fehlt.
Es gibt ganz allgemein drei Grend,
dia mr als Schockursache fend.
Volumenmangel. Des bassiert,
wenn oiner zu viel Bluad verliert.
Herzleistungsschwäche, nix zom Spaßa,
bei Herzinfarkt ond bei Herzrasa.
Onds dritte, wos zum Schock no führt,
wenn s Gäder Wandspannung verliert.
Des endet meistens ganz vertrackt,
weils Bluad em Adernetz versackt.

Kardiogener Schock

Wenns oim sei Brust verreißt vor Schmerz
no hot er en Infarkt am Herz.
Ond wenn dr Pulsschlag bockt ond juckt,
no spielt dr Herzrythmus verruckt.
En solche Fäll, des isch fatal,
ischd Herzleistung oft minimal
ond jeder fühlt sich erdamend
em kardiogena Schock am End.
Jo net lega, emmer sitza,
da Oberkörper halbhoch stütza.
Sauerstoff ond größte Ruah!
Wenn er friert, no deckt mr n zua.
die Lage ist meist
sehr gespannt,
denn emmer droht
a Herzstillstand.

Anaphylaktischer Schock

A Schockzustand au manchen trifft
auf Pilla ond Insektagift.
Do isch glei ebbas Domms bassiert,
wenn mr allergisch reagiert.
Do reagieret d Odra gscheit
ond stellet sich ganz plötzlich weit.
S Bluad versackt bei dem Gerangel,
es entstoht Volumamangel.
Zusätzlich, ond des isch bös,
werdet d Oderwänd porös.
Dorom schwillt d Haut ond am Meckel
ganz besonders d Augadeckel.
D Haut wird scheckig rot ond juckt,
dr Patiend, der würgt ond spuckt.
Er hot Angst,
daß er verstickt,
weil d Bronchial-
schleimhaut verdickt.
D Bronchusmuskla
krampfet au
drom sieht dr Patiend
pflaumablau.

Volumenmangelschock

Nach Hieb, nach Stich, nach Sturz, nach Stoß,
isch dr Bluadverluschd oft groß.
Au bei Verbrennunga mit Grausa,
verliert mr Plasma leicht nach außa.
Wer zwanzig Prozent ond mehr verliert,
bereits an Schockzustand riskiert.
Dr Kreislauf reagiert em Nu
dr Bluaddruck fällt, dr Puls nemmt zu.
Jetzt werdet, wia mr leicht vermuatet,
Haut ond Muskel net durchbluadet.
Dr Mensch wird oruhig, friert, wird blaß,
er zittert, d Haut isch kalt ond naß.
Dr Kreislauf wird jetzt ganz zentriert,
daß enna dren nix Domms bassiert.
Bloß des Hirn onds Herz ond Longa
werdet no von Bluad durchdronga.
Die Kapillardurchbluadung stockt,
weils Bluad verklombt ond no verhockt.
Jetzt gohts dem Menscha an da Kraga,
durch Longa- Niera- Hirnversaga.
Ond so isch sichtlich ond erklärlich
a Schockzustand lebensgefährlich.

Wenns vorna klemmt ond henda schlaucht,
wird dringend Erschda Hilfe braucht.
Wia kann mr da sei Pflicht erfülla?
Verbrennung kühla! Bluadung stilla!

Schocklagerung hoißt die Devise,
em Haus, em Wald ond Feld ond Wiese.
Körper flach ond d Füaß nach oba.
Dreißg Zentimeter muaß mr loba.
En manche Fäll, ganz ohne Frage,
erfolgt die Lagrung auf der Trage.
Fuaßende hoch, des isch ganz wichtig,
Bierkastenhöhe isch grad richtig.
Bei Bruch von Wirbel, Becken, Bein,
sieht mr des ohne weitres ein.
Schocklagerung vermeidet auch,
mr bei Problem en Brust ond Bauch.
Sauerstoff gibt der versierte
Erschde Helfer de Schockierte.
Außerdem mit äller Ruah,
deckt er sie wärmeschonend zua.

Schädel-Hirntrauma

Em Sport, Beruf ond em Verkehr
gefährdet mr sein Schädel sehr.
Tatsächlich trifft so manchen Tropf
dabei a allmachts Schlag an Kopf.
Am Kopf befindet sich au d Stirn
on hender derra liegts Gehirn.
Des isch empfindlich ond net bloß
gega Erschüttrung, Schlag ond Stoß.
A Bluadung killt dia zarte Zella,
dia sterbat au alloi durchs Schwella.
Sauerstoffmangel no erschd recht,
verträgt Gehirngewebe schlecht.
Scho noch Minuda gibts do Schäda,
unwiederruflich für an jeda.
Was emmer au em Hirn geschieht,
meischdens de gleiche Zeiche sieht,
Dr Erschde Helfer, der versierte,
bei Schädel-Hirn-Traumatisierte.
Zuerschd gestört ist ohne Frage,
beim Opfer die Bewußtseinslage.
Bluad sieht mr au noch außa quella,
aus Ohr, aus Nos, aus andre Stella.
Hirnwasser isch do mit vermischd,
wenns oin besonders domm verwischd.
Manchesmol, mr wills net hoffa,
isch dr Schädel richtig offa.

En so ma Fall fendet sich Hirn,
ausnahmsweis au vor der Stirn.
Erinnerungslücka ond Erbrecha,
dädat für Hirnerschüttrung sprecha.
Dr Hirndruck führt manchmal rechts schnell
zu Atmungsproblem ond Krampfofäll.
D Pupilla send en so ma Fall
net rond ond gleichweit, wia normal.
Hirndruck bewirkt als böse Kraft,
daß s Kreislaufzentrum nemme schafft.
Koi Herzaktio, koi Bluaddruck meh.
höchste Zeit für HLW.

Gehirnerschütterung

Seis, daß a Gwalt da Kopf verschüttelt,
no wird s Gehirn mit durchgerüttelt.
Wenn dabei weiter nix bassiert
als mr s Bewußtsei kurz verliert
ond wenn mr au zom guada Glücke
beklagt bloß a Erinnerungslücke
möglicherweis hot mr erbrocha,
no wird von Hirnerschüttrung gschbrocha.
Da Erschde Helfer muaß mr loba,
der legt n mit em Kopf nach oba.
No wird dr Kranke überwacht
ond mr gibt ganz besonders acht
was d Atmung, was s Bewußtsein macht.
weil mr em Stilla halt vermuadet,
daß es doch no ens Hirn neibluadet.
Notarzt, Rettungsdienst, egal,
so a Mensch muaß ens Spital.

Gehirnprellung – Gehirnquetschung

A Gwalteiwirkung auf da Schädel,
seis bei ma Bursch, seis bei ma Mädel,
ernstlich das Gehirn gefährdet
wenn Hirnzellen gschädigt werdet.
Möglicherweis, ganz unbequem,
entstoht au a Gehirnödem.
Da steigt dr Hirndruck auf dr Stell,
ond des goht manchmal wirklich schnell.
Jetzt brauchts bloß no, unbenomma,
zusätzlich zu ra Bluadung komma,
dann isch s Gehirn zu guter letzschd,
erheblich prellt oder gequetscht.
Wenn oim amol so was bassiert,
s Bewußtsei mr sofort verliert.
A Schockzustand eventuell,
entwickelt sich do au recht schnell.
Ganz gfährlich isch, s liegt uf der Hand,
a Atem- ond Kreislaufstillstand.
Mr duad so oin auf d Seite lega,
nadierlich scho dr Atmung wega.
Gibts do womöglich was zom Loba?
Richtig! Lagerung mit Kopf nach oba.
Dr Erschde Helfer isch gefordert,
glei wird a Notarzt herbeordert.
Dr Sauerstoff wird eingesteckt
ond dr Patiend warm zugedeckt.

Jetzt hoißts penibel kontrolliera
Herz ond Bewußtsei, d Atmung spüra.
Was mr sonschd no macha ko
kommt auf d Situatio druf o.

Schädelbasisbruch

De dünnste Knocha send am Meckel,
an dr Basis, net am Deckel.
Drom send jo au scho öfters brocha,
bevorzugt Schädelbasisknocha.
Bruchstella fendet sich do gleich
em Auga- Nosa- Ohrbereich.
Em Erschda Helfer sei Vermuadung,
verfestigt sich no bei ra Bluadung.
Bei Bluad em Ohr, en Nos, em Racha,
kann er sei Diagnose macha.
Hot mr so s Gfühl, daß es net grennt,
ischd es mit Liquor meischd verdennt.
Wenn so a Bruch am Aug bassiert
ond draus a Bluadung resultiert,
sieht mr verzögert, so man will,
sie als Monokel oder Brill.
Der, den des Oglück troffa hett,
der isch bewußtlos oder net.
Erinnerungslücke ond Erbrecha,
send möglich. Mr wird mit ihm sprecha.
Die Seitalage richtet no
mr so, daß s Bluad rauslaufa ko.
Bluadungsquella, au wenns tropft,
werdet jo net zugestopft.
Kälteschutz, wia sichs s gebührt
ond Sauerstoff wird zugeführt.
Dann wird der Kranke überwacht
ond schleunigst ens Spital gebracht.

Gesichtsverletzung

Des Menschen Gsicht, mr isch s scho gwohnt,
wird von Zerstörung nicht verschont.
Was do bassiert, kann mr sich denka,
des trifft zuallererschd da Zenka.
Haut, Schleimäut ond die Backakissa,
send bei ma Ofall schnell verrissa.
Ond s Bluad strömt dobei raus wia Gischt.
Weil s Gsicht so guad durchbluadet ischt.
Do isch, mr registrierts bedrückt,
scho mancher an seim Bluad verstickt.
Drom leget mir, nach guadem Brauch,
so en Verletzta auf da Bauch.
Ond em Gsicht dia schwere Wonda,
werdet zerschd steril verbonda.
Bewußlose legt ohne Frage,
man in stabile Seitenlage.
Dann wird der Kreislauf überwacht,
falls sich a Schock bemerkbar macht.
No schickt ma schnell an Notruf naus
ond brengt den Mensch ens Krankahaus.

Nasenbluten

Mittla em Gsicht, do ragt dr Zenka
en d Welt, ohne dabei zu denka,
daß dieser Poschda gfährlich ischd,
weil ma do ganz leicht Schläg verwischd.
Ob Zufall, Absicht, ganz egal,
manchmal endet des fatal.
Jeder wird au glei vermuada,
es kommt bestimmt zom Nosabluada.
Dr Erschde Helfer mit Bedacht,
es sicher jetzt au richtig macht.
Kopf gebeugt, aufrechter Sitz,
noch vorna onda d Nosaspitz.
S Bluad lauft ab ond wird net gschluckt,
weil des em Maga elend druckt.
Ond no wird ma auf da Nacka
an nassa, kalta Lappa packa.
De meischde Bluadunga versieget,
weil d Odra sich zusammazieget.
Kommt aber en ma bsondra Fall,
s Bluad aus dr Nos wie emma Schwall,
oder wenns Tröpfla oms Verrecka
net aufhört, bitte net verschrecka.
Leider kann bei solche Sacha,
der Erschde Helfer net mehr macha.
Der Patiend wird überwacht
ond schleunigst ens Spital gebracht.

Bauchtrauma

Wer s Lenkrad sich en Ranza rammt
oder an a Felswand schrammt,
der hot, em Erschda Helfer schwant es dompf,
a Bauchtrauma der Marke "stompf".
Em Bauch hats manche zarte Sacha,
dia kennet oim viel Ärger macha.
Leber, Nierla, Milz ond Darm
verreißet leicht, daß Gott erbarm.
Au d Blos reißt vor se überlauft,
bei dem, der vor em Ofall sauft.
Dr Erschde Helfer, der vermuadet,
daß es en so en Bauch neibluadet.
Mit Recht vergoht ihm dabei s Lacha,
den Menscha muaß er überwacha.
dr Schmerz läßt noch, des isch bekannt
wenn mr d Bauchdecka entspannt.
Oi Handgriff bloß, i sag euch wia:
Mr schiabt a Rolle onder d Knia.
manchmal isch so a Bauch au offa,
von einer scharfa Spitz getroffa.
Dr Darm verlagert sich nach außa,
bei diesem Anblick kennt s oim grausa.
den deckt mr keimfrei ab ruck zuck
ond stopft en jo net wieder zruck.

Über Knochabrüch

Mr frogt sich, wann isch denn a Knocha
mit Sicherheit au ganz gebrocha?
Der Erschde Helfer ohne Frage,
sieht des an der abnorma Lage.
Ond zwar net bloß an ra Verdickung,
sondern erschd bei Achsakniggung.
Au wenn mr sieht dia Knochaenden,
seis an de Füaß, seis an den Händen.
Ischd em Vergleich oi Fuaß zu kurz,
zom Beispiel nach ma Allmachtssturz,
hot mr da Brota glei gerocha,
do isch beschdimmt a Knocha brocha.
Liegt oi Fuaß noch außa dreht,
ischs allermeistens scho zu spät.
Mr denkt sofort ond jedenfalls,
an en Bruch vom Schenkelhals.
Dr Schmerz isch gar koi sichers Zoiche,
s gibt harte Menscha ond au woiche.
Gebrauchsunfähigkeit alloi
kann au koi sichers Zoiche sei.
Beim sichra Bruch ond beim Verdacht
wird a stabile Schienung gmacht.

Über Schienung

Wenn emma Menscha seine Knocha
durch Gwalteinwirkung send gebrocha,
no muaß mr ihn vor sechs Gefahra
durch Schienung nachhaltig bewahra.
Schmerz ond Bluadverlust, dia zwei,
führet schnell an Schock herbei.
Gefäßzerreißung, Nervaschäda,
Gewebsverletzung schlauchet jeda.
Fettembolie zum guada Schluß
mr obedengt verhendra muß.
A Schiene isch dann gut gelegt
wenn sich dr Bruchspalt nemme regt.
Dr Erschde Helfer, der woiß glei,
a Schiene muaß au bolschdret sei,
denn so vermindert mr da Druck,
a Druckstell hot sich fei ruck zuck.

Wirbelsäulentrauma

D Wirbelsäule hält da Kopf
ganz oba feschd bei jedem Tropf.
Außerdem, mr hett sichs denkt,
ischs ganze Gschdell dra aufgehängt.
Enna dren verläuft beim Gsonda,
s Rückamark vom Kopf nach onda.
So wia d Menschheid sich gebärdet,
isch d Wirbelsäule stark gefährdet.
Sport extrem ond Autofahra,
da drohet xerlei Gefahra.
Ganz anfällig ischd jedenfalls
dr Wirbelsäulaabschnitt Hals.
Wenns da amol a Trauma setzt
ond s Rückamark isch mitverletzt,
dann isch die Lage sehr prekär,
der Erschde Helfer duad sich schwer.
Ob Arm, ob Hand, ob Fuaß, ob Zeh,
s wird nix bewegt ond s duad nix weh.
Beweglichkeit ond Gfühl send weg,
des stellt mr feschd em erschda Schreck.
Der ka nadierlich nemma laufa,
vielleicht demnächst au nemme schnaufa.
Sei Kreislauf goht bald au am Stock,
des hoißt mr an spinala Schock.
Entstoht en Henderhauptlochs Enge
durch Schwell ond Bluadung a Gedränge,
no läßt sich meischdens net verhendra
dr Druck auf lebenswichtge Zentra.

Mehr Glück hat freilich andrerseits,
wen s Trauma trifft em ondra Kreuz.
Anfällig ischd sie auch am Ende,
am Wirbelsäulaabschnitt Lende.
Do gohts oim zwor net glei an Kraga
ond trotzdem isch mr au geschlaga.
Gelähmt send Muskel, Darm ond Blos,
mr stellt des feschd mit Hand ond Nos.
Folgendes wird jetzt gemacht:
Atmung ond Kreislauf scharft bewacht.
No wird dr Halsabschnitt geschient,
mit allem was oim dazu dient.
No wird er gschützt von Fuß bis Bruscht
gega Tempraturverluscht.
Dann duat mr, ohne s Kreuz z bewega,
ihn auf a Vakuummatratze lega.
Mr hebt ihn über, ohne Frage,
oder nemmt a Schaufeltrage.
dabei vermeidet jeda Druck,
a Druckgschwür hot sich fei ruck zuck!
Wia brengt mr aus abnormer Lage
oin raus, isch au manchmal die Frage.
Do gibts eine spezielle Mode,
dui hoißt bei uns Sandwich-Methode
nadierlich wird zu jeder Zeit
der Kranke seelisch au betreut.
Dr Erschde Helfer denkt beklomma:
Jetzt kennt dr Helikopter komma.

Wonda

Mit Messer, Moißel, Beil ond Hämmer,
mit Gwehr, Kanona, was au emmer
erleidet oft, ansonsten Gsonde,
die eine oder andre Wonde.
Ond no gohts los, do bluadets richtig,
jetzt hots dr Erschde Helfer wichtig.
Mit Druckverband ond net mit Pilla
läßt sich faschd jeda Bluadung stilla.
Daß sich koi Infektio eicheckt,
wird vorher steril abgedeckt.
Wenn d Bluadung net wia mr vermutet,
gestillt ischd, sondern weiterblutet,
no macht mr den Verband net auf,
mr wickelt glei en zwoita drauf.
Ond wer sich sticht, läßt trotz dem Schrecka
des Stichwerkzeug zunächst mol stecka.
Es wird ombolschdret möglichst sacht
ond no a Druckverband gemacht.
Wenn oiner, was scho mal bassiert,
en Arm oder en Fuaß verliert,
no stillt mr ond des isch bekannt,
dui Bluadung au mit Druckverband.
Wenn aber en ma seldna Fall,
s Bluad rausschiaßt grad als wie am Schwall,
no bend mr n ab, den bluadig Stomba,
mit ma Gürtel oder Lomba.

Niemals mit ra denna Schnur,
des gibt Gewebszerstörung pur.
Dui Sperre macht mr nemme auf,
mr nemmt an Zettel ond schreibt drauf:
da Zeitpunkt, wenns do nemme schwoißt
ond nadierlich wia mr hoißt.
Bedenket au daß älle Wonda,
vom Arzt versorgt send en sechs Stunda.

Blutung

A bsondrer Saft isch s scho, des Bluad,
weil mr s so nötig braucha duad.
Wer viel verliert hat schnell verliggert,
daß s Leba do mit naus versiggert.
Do gibts bloß ois, beim besta Willa,
jeda Bluadung muaß mr stilla.
Wenn d Haut ond d Kloider bluadig send,
erkennt a Bluadung jedes Kend.
Wenn s aber mol noch enna bluadet,
wird der Verluscht net glei vermuadet.
Erschd wenn dr Druck bedrohlich fällt
on der Puls noch oba schnellt,
no goht dui Warnlamp nemme aus,
a Bluadungsschock stoht oim ens Haus.
S kommt zura Bluadung ganz gewiß
durch Stich, durch Hieb, durch Schnitt ond Riß.
Meischd bluadets gmischt ond net so schnell,
doch manchmal spritzts rein arteriell.
Dr Erschde Helfer macht gewand
en so ma Fall an Druckverband.
Bis des soweit isch druckt trapp, trapp
dr zwoite Helfer d Oder ab.
Krampfodra bluadet manchmal bös
mit wenig Druck zwar und venös.
Dr Bluadverluschd isch au erklecklich
ond d Folga send net mender schrecklich.

Streckt mr da Fuaß zom Hemmel nauf,
hörts Bluada augablicklich auf.
Am Kopf, am Buckel ond am Bauch,
bluadets leider manchmal auch.
Was macht mr do? Jetzt ben e gschbannt.
Mr deckt ab ond druckt von Hand.

Leider ischs Bluad oft infektiös
ond Aids ond so was send nix Schees.
Damit do nix bassiera ko,
ziagt mr Gummihandschua o.

Verbrennungstrauma

Mensch ond Viecher fürchtets Feuer
wia dr Teufel d Kirchasteuer.
Hoiße Brüha, Säura, Lauga,
kennat auf der Haut nix tauga
onds Schlemmste wär, mr denkts et no,
am End a saubra Exlosio.
Onser Haut isch sehr empfindlich,
drom wird se pflegt, von manche stündlich.
Wenn se verbrennt, no wirds gefährlich
wenn viel verbrennt, ischd Hoffnung spärlich.
Ischd Haut kaputt, no fehlt dr Schutz
vor Wasser- Salzverluscht ond Schmutz.
Bei Verbrennung, des isch gspäßig,
werdet d Odra wanddurchlässig.
Eiweiß, Wasser, Salz verschwendet,
dr Erschde Helfer woiß wias endet.
Es bedroht den einstmals Gsonda
a Schock glei en de erste Stonda.
Wenn er des glücklich überstoht,
was glaubet Ihr wias weitergoht?
No gohts meistens Schlag auf Schlag,
am zwoita ond am dritta Tag.
D Long versagt ond d Niera au,
em Gewebe Eiweißstau,
d Immunabwehr versagt letztendlich,
des Bild verschlechtert sich jetzt stendlich.

Verbrennungskrankheit hoißt mr des
ond enda duat des manchmal bös.
Dia Verläuf send gottlob selda
häufig kann mr bessre melda
weil d Laesiona kleiner send,
dia verhoilat no oft gschwend.
Vorausgesetzt ond des isch wichtig,
dr Erschde Helfer macht des richtig.
Der duat dia hoiße Kloider ronder,
hebt dui Verbrennung sofort onder
s kühle Wasser sachde nonder,
etwa so a viertel Stond,
no isch dui Haut bald wieder gsond.
Obacht! bei dem kalta Spüla,
kann mr Kender onderkühla.
Steril verbonda nach dem Wässra,
kann d Heilungschanca bloß verbessra.
Verbrennunga onderdoilet mir
en Stadia ond zwor meist en vier.
Em erschta d Haut a Rötung weist,
em zwoita se scho Blosa schmeißt.
Em Stadium drei verkocht d Haut schier
verkohlt isch se em Stadium vier.

Nach dem, was do bassiere kennt,
ischs besser, wenn mr nix verbrennt.

Hitzeerschöpfung

Em Sommer sauet d Leit auf d Berg,
Dicke, Denne, Riesa, Zwerg.
Allmachts Rucksäck, dicke Westa
schloift mr mit sich, bloß vom Besta.
Aber mancher arme Zipfel
kommt nia ganz bis auf da Gipfel...
Onderwegs, da kippt er om,
der Erschde Helfer woiß worom.
Koi Konditio ond dichte Kiddel
send dia Schwoißerzeugungsmiddel.
Trenka duat mr au zu wenig,
mr fühlt sich langsam schlapp und henig,
kriagt Wadakrämpf ond Fiaberhitz,
alles vom zuviela Schwitz.
Der lauft hoiß, dem kochet Socka,
dr Kreislauf kommt no au ens Stocka.
Des Krankheitsbild isch altbekannt,
Hitzeerschöpfung auch genannt.
Dem Menscha muaß mr d Gurgel spüla
ond no da ganza Kerle kühla.
Wasser gibts mit Elektrolyte
ond zwor sofort, net auf dr Hütte.
Mr legt ihn ab em kühla Schatta
ond lagert ihn auf Isomatta.
Kiddel ronder, Hemmad auf,
Bauch and Luft, der freit sich drauf.

Wenns wendstill isch, duat mr mit Lächla
dem Menscha Wend an Ranza fächla.
Langsam bessert sich die Lage
ond mr stellt sich dann die Frage:
kann mr wieder losmarschiere?
Ja, mr kann des ruhig probiera.

Hitzschlag

Wenn en des Sommers größter Hitz
versiegt des Menschen Kühlungsschwitz,
wenn d Tempratur em ennra steigt
ond gega oisavierzig geigt,
dann wirds dr Erschde Helfer schnalla,
do isch dr Thermostat ausgfalla.
A Hitzschlag isch ganz schee gefährlich
ond Hilfsmaßnahma hot mr spärlich.
Kühlung isch des erschte Ziel,
om oi, zwoi Grad, des hilft scho viel.
An d Luft da Bauch, dia Kleider auf,
mr leert a bissle Wasser drauf
ond älle, dia beteiligt send,
machet jetzt an Kühlungswend.
Dann wird der Mensch gut überwacht,
falls er vitale Mucka macht.
Ond, daß mr jo koi Zeit verliert,
wird mit em Heli transportiert.

Sonnastich

Dr Alpinist auf Gletscher rennt,
wo d Sonn ihm auf dr Schädel brennt,
er krebselt auf de höchschde Gipfel,
doch ohne Kapp, der domme Zipfel.
Obends genießt bei Alphornklang
er no de Sonnaondergang,
doch en dr Nacht, da muaß er spucka,
dr Schädel duat en furchtbar drucka.
D Beweglichkeit em Gnick falliert
von Nackasteife ganz blockiert.
Ond zo dene Mordsbeschwerda
kennt er no bewußtlos werda.
Was fehlt denn dem, des frogt mr sich.
Ganz klar, der hot an Sonnastich.
Was isch die Ursach dieser Quala?
A Hirnhautreizung von de Strahla.
Mr kühlt da Schädel mit Kompressa
ond gibt em aber nix zum Essa
außer dem oina, das wär schee,
a Aspirin fürs Schädelweh.
Mr überwacht an jeda Fall
wega Vital-Funktions-Ausfall.

Kälteschäda

Bsonders en de harte Wenter
frieret Vadder, Muader, Kender.
On vor lauter Muskelzittra
duads dia manchmol ganz erschüttra.
Durch Zittra hält em Groß̈a Ganza
mr d Tempradur konstant em Ranza.
Wenn d Tempradur no trotzdem fällt,
no wird d Durchbluadung abgestellt
en d Haut, en d Boiner ond en Arm,
dr Kern bleibt weiter mollig warm.
Denn s ischd onser innres Streba,
en Schnee ond Eis zu überleba.
Bloß, wenn mr zlang em Kalta liegt,
dr Organismus Schäda kriegt.
A Onderkühlung stellt sich ei
ond des ko ganz schee gfährlich sei.
Bis 34 Grad isch mr erregt,
mr schwätzt ond gibt sich sehr bewegt.
Bis 30 Grad, läßt älles noch,
Bewegung, Kreislauf ond au d Sproch.
S Erschöpfungsstadium isch des,
wer no me abkühlt, dem gohts bees.
S Bewußtsein fehlt ond s Herz, des flimmert,
daß es em Erschda Helfer schimmert,
dui Bergung wird wie folgt gemacht:
ganz passiv ond vor allem sacht.

Daß, was äußerst wichtig ischd,
sich s Kernbluad net mit kaltem mischd.
A Hibler-Packung isch jetzt Pflicht,
andre Mittel taugen nicht.

Mr derf sich scho noch drauße waga,
d Kälte goht net glei an Kraga.
Oft send die Schäda minimal,
weil ganz omschrieba ond lokal.
Kinn, Nosaspitz ond Ohra
hot mr meischdens zerschd verfrora.
An Zeh ond Fenger ko mr spüra,
deren Neigung zom Verfriera.
Em Stadium eins, do isch d Haut weiß,
beim Auftaua no rot ond heiß.
Blosa gibts em Stadium zwei
do isch no au Schmerz dabei.
Gewebszerstörung merkt mr glei
des hot mr no em Stadium drei.
Em Stadium vier, wia Marmorstoi,
isch älles gfrora Stoi ond Boi.
Em Erschda Helfer isch net bang,
er brengt d Durchbluadung zerschd en Gang.
Viel Bewegung, jo net Reiba
ond brav auf dr Hütte bleiba.
An Kammeradawärme denka,
no gibts süaß ond hoiß zum Drenka.
Ja, ond no muaß mr sich traua,
dia Tiefkühlstella aufzutaua.

A Wasserbad nemmt mr jetzt dro
ond fangt ganz sachte, lauwarm o.
Langsam macht mr s emmer hoißer,
dr Erschde Helfer, ja was woiß er?
bei Vierzig Grad bestimmt doch herzlich,
do hert er auf, denn des isch schmerzlich.
Steril ond locker wird verpackt,
was von der Kälte abgezwackt.
Ond achtet drauf, daß nia bassiert,
daß s Gleiche mr nomal verfriert.

Stromunfall

Jetzt gohts om Volt, Ampere ond Ohm,
mit oim Wort, jetzt gohts om da Strom.
s Elektrisch isch ja wirklich gschickt
ond macht a Hausfrau ganz beglückt.
Durch Strom wirds Leba erschd bequem
ond richtiggehend angenehm.
Doch drondernei merkt mr bestürzt,
daß Strom das Leba au verkürzt.
Seis bei ra Lamparepradur,
seis durch a Bügeleiseschnur,
mr scheidet au aus dieser Welt,
wen dr Lockastab en d Badwann fällt.
Ond mancher wird, mr wills net hoffa,
beim Wandra au vom Blitz getroffa.
Dr Strom brengts Herz ganz aus em Tritt,
no macht dr Kreislauf nemme mit.
S Bewußtsein fehlt, die Atmung steht,
dr Helfer woiß wias weitergeht.
Mr ziagt zuerschd da Stecker raus,
oder schaltet d Sichrung aus.
Bei Hochspannung ond solcha Sacha
derf des bloß a Fachmann macha.
Dann kann mr sich zum Verletzta wenda
ond ihm Erstde Hilfe spenda.
Je nach Bedarf, des wär ganz schee.
Lagrung, Atemspende, HLW.

Hot mr a Verbrennung gfonda,
wird dui keimfrei halt verbonda.
Jeder wird nach Stromkontakt
en an Notarztwaga packt
ond wenn er s ganz richtig macht,
a paar Stond gründlich überwacht.

Vergiftungen

Vergiftungsnotfäll send alltäglich
doch Gift isch leider unverträglich.
Aus Leichtsinn, Neugier eingenomma,
au Absicht isch scho vorgekomma.
Als Gas verwischts ons über d Longa.
Durch d Haut ischs manchmal eigedronga.
An Leber, Hirn ond Darm ond Niera
kann oiner Spätschäda verspüra.
Wenn er de erschd Zeit überlebt,
was d Erschda Hilfe ja erstrebt.
Ganz gfährlich send akute Schäda,
des trifft bei viel Gift fascht an jeda.
Herzkreislaufstillstand, Atmungsmucka,
bei Neurotoxin au Muskelzucka.
Selbstschutz stoht an erschder Stell
beim Helfa en Vergiftungsfäll.
Isch Gas em Spiel, mr merkts am Duft,
verziagt mr sich en d frischa Luft.
Hangt irgendwo Kontaktgift dra,
ziagt mr Gummihendschich a.
Berührungsgfährlich ond durch Dämpf
wirkt lausig E 605.
Mr überwacht die Giftpatienda,
wenn nötig HLW anwenda.
Nur mit Maske, net mit Mund,
des isch en solche Fäll net gsund.

Jo net reiza zom Erbrecha,
no scho liaber Mut zusprecha.
Mr guckt, was au no wichtig ischt,
daß mr vom Gift a Prob verwischt.
Jeder wird, egal obs gfällt,
möglichst schnell em Arzt vorgstellt.

Verätzungen

Mit Säura ond mit Lauga
verätzt mr Schleimhaut, Haut ond Auga.
Lauga send besonders gfährlich
ond des isch au leicht erklärlich.
Weil se s Gewebe ganz erweichet
ond sich so en d Tiefe schleichet.
Zur Säurewirkung isch zu saga,
dui isch besser zu ertraga.
Weil Säureschorf als Bremse nützt
ond dronter des Gewebe schützt.
Verätzunga am Aug send mend
denn dadurch wird mr meischdens blend.
Mr spült ganz intensiv dia Auga,
am besta duat do Wasser tauga.
Des isch net leicht, weil der beschtemmt,
vor Schmerza d Auga zammaklemmt.
Ond wenn dui Spülung stattgefonda,
wird keimfrei no des Aug verbonda.
Bei Hautverätzung, des isch klar,
droht Schmerz ond Infektionsgefahr.
Zersch werdet d Kloider ganz entfernt
wia mr s em EH-Kurs lernt,
no mit viel Wasser kräftig spüala
ond nadierlich nix verdriela.
Vor Selbstverätzung schützt gebiehrlich,
dr Erschde Helfer sich nadierlich.

Wer Säura oder Lauga schluckt,
ischd leichtsennig oder verruckt.
An Speiseröhre ond am Maga
isch leicht a Durchbruch zu beklaga.
So a Mensch derf net erbrecha,
mr muaß beruhigend mit em sprecha.
mr lässt en vielleicht Wasser trenka
ond muaß an Schockzustände denka.
Was em Notarzt bsonders gfällt,
isch, wenn mr s Ätzzeug sicherstellt.

Schlaganfall

Aus heitrem Himmel, wie a Knall,
trifft mancheroin a Schlagofall.
A Oder isch vielleicht verstopft
so daß s Bluad bloß spärlich tropft.
Do wird dr Sauerstoff bald knapp
onds Hirngewebe stirbt no ab.
Ursächlich au für den Verdruß,
a Oderriß mit Bluaderguß.
Der kann durch Druck auf manche Zentra
vielerloi Funktiona hendra.
Dr Mensch kann sich no kaum no rega,
manchmol net Fuaß, net Arm bewega.
Au hängt no glei ond net noch Stonda
oi Mundwinkel gelähmt noch onda.
Triffts s Sprachzentrum, ja no isch letz,
des stört die Raffel ond au s Gschwätz.
Manche kennat nemme schlucka
ond da Stuhlgang net verdrucka
Do wird no d Umgebung schrill,
wenns Wasser lauft, wenn mr s net will.
Ond gohts bei oim no ganz verquert,
send Atmung, Herz ond Kreislauf gstört.
Es werdet dia, dia bei sich send,
noch oba glegt mit Bruschd ond Grend.
Da Kopf duat mr auf d Seite drucka
zwecks Aspiriera nochem Spucka.

Bewußtlose, ganz ohne Frage,
legt mr stabil in Seitenlage
dr Thermostat isch oft verreckt
drom wird so oiner warm bedeckt.
Jeder wird scharf überwacht,
falls er vitale Mucka macht.
En jedem Fall, ob leicht, ob schwer,
muaß möglichschd schnell a Dokter her.

Herzinfarkt

Des Menschen Herz, a wahre Pracht,
schafft wie a Schwob, bei Dag ond Nacht.
Bei diesem Mordsgschäfts hot es auch,
an hoha Sauerstoffverbrauch.
Wenn do d Durchbluadung amol stockt,
alsbald der ganz Chemismus bockt.
Des zeigt sich glei en starke Schmerza,
grad hendrem Brustboi ond am Herza.
Wenn sich erholt dr Bluaddurchlauf,
no höret au dia Schmerza auf.
Der Zustand wird, des isch bekannt,
Angina pectoris genannt.
Dr Erschde Helfer isch guad drauf,
reißt s Fenschder ond da Kraga auf.
Setzt da Patienda leicht erhöht,
so wie s au en dr Vorschrift steht.
Gibt Sauerstoff, beruhigt da Kranka,
der wird es ihm erleichtert danka.
Wenn so a Herzgefäß verstopft
ond absolut koi Bluad me tropft,
no stirbt dr Muskel ond zwor schnell,
hender der Verstopfungsstell.
Der Erschde Helfer merkt beklomma,
jetzt ischs zom Herzinfarkt gekomma.
D Herzleistung sich rapid vermendert,
dr Kreislauf ischd massiv behendert.

A kardiogener Schock isch do
ond dr Patiend isch übel dro.
Er sitzt ganz ruhig vor lauter Schmerz
ond der ziagt nomm zum Arm vom Herz.
Sei Haut isch blass ond d Lippa blau,
daß s Spitz auf Knopf stoht, merkt er au.
Dr Erschde Helfer hat besonna,
mit Hilfsmaßnahma glei begonna.
Hot da Patienda aufrecht gsetzt
ond ganz beruhigend mit em gschwätzt.
Außerdem entfernt zom Glück
er älle enge Kloidungsstück.
Sauerstoff gibt er, daß es faucht,
des wird am nötigsta jetzt braucht.
Er überwacht genau da Kranka
ond macht sich nebaher Gedanka,
was jetzt no bassiera kennt,
a Kreislaufstillstand hot sich gschwend.
Endlich kommt dr Notarzt gloffa,
der isch enzwischa eingetroffa.

Gliedmaßenschmerz

Manchmal schiaßt, daß Gott erbarm,
a Schmerz en Fuaß oder en Arm.
Dr Erschde Helfer kommt zom Schluß,
Ischias oder Hexaschuß.
Oder s isch d Ursach der Empfindung
Verletzung, Nervadruck, Entzündung.
Doch meischdens stemmt halt die Vermutung:
es isch a Störung der Durchblutung.
Wenn Kalk sitzt auf de Oderwänd
oder wenn dia eng gstellt send,
au losgerissne Bluadgerinnsel,
verstopfet an Arteriapinsel.
Dann fehlt dr Puls ond ohne Spaß,
wird dui Haut glei kalt ond blaß.
Se isch au nemme recht sensibel,
dem Menscha wirds vor Schmerza übel.
Ob Arm, ob Fuaß, mr kann sich s denka
muaß mr jetzt noch onda henka.
No wird ombolschdret mit Gespür,
aus Vorsicht vor ma Druckgeschwür.
Send d Vena z weit oder entzendet,
sich glei a andra Ursach fendet.
Do grennt s Bluad oifach en dr Oder,
a Thrombus wächst so wie a Bloder.
Der stellt da Bluadrückfluß ganz ab
ond do drnoch schwillt net zu knapp,

sei es dr Fuß, sei es dr Arm.
Die Haut isch glänzig, eher warm.
Hochlagrung isch jetzt angesagt,
falls der Betroffne es vertragt.
Komplikatio ond zwor a bösa!
Es könnte sich a Thrombus lösa,
fährt mit dem Bluad durchs rechte Herz
schnurstracks en Richtung longawärts.
dr Helfer merkt jetzt ohne Müh,
des gibt a Longaembolie.
Wenn d Odra thrombosiert verlegt,
wird Fuaß ond Arm nicht mehr bewegt.